CATALOGUE

DE LA COLLECTION

D'ESTAMPES

DES ÉCOLES

ITALIENNE, FLAMANDE ET FRANÇAISE,

ANCIENNES ET MODERNES

EAUX-FORTES & LITHOGRAPHIES

DESSINS

Provenant du Cabinet de M L. B....... Artiste Peintre. *Le Bouchere*

DONT LA VENTE AUX ENCHÈRES PUBLIQUES AURA LIEU

HOTEL DES COMMISSAIRES-PRISEURS,

Rue Drouot,

Salle n° 3, au premier étage,

LES JEUDI 4, VENDREDI 5 ET SAMEDI 6 MAI 1854, A MIDI.

Par le ministère de Me **DELBERGUE-CORMONT**,
Commissaire-Priseur, rue de Provence, 8,

Assisté de M. **VIGNÈRES**, Marchand d'Estampes,
30, quai de l'Ecole,

Chez lesquels se distribue le présent Catalogue.

EXPOSITION PUBLIQUE

Le Mercredi 3 Mai 1854, de midi à quatre heures.

PARIS

MAULDE & RENOU

IMPRIMEURS DE LA COMPAGNIE DES COMMISSAIRES-PRISEURS,
rue de Rivoli, 144
4526

1854

ORDRE DES VACATIONS.

Jeudi, 4 mai 1854.......	488 Cadre.
	358 à 382
	301 à 334
	1 à 100
Vendredi, 5 mai...	395 à 406
	467 à 475
	422 à 466
	101 à 200
Samedi, 6 mai............	383 à 394
	335 à 357
	201 à 300
	407 à 421 Livres.
	476 à 487 Dessins.

On commencera à une heure très-précise.

ABRÉVIATIONS.

B.	Bartsch.
R. D.	Robert Dumesnil.
L. B.	Leblanc.
— .	le même.
ep.	Épreuve.
l. l.	la lettre.
p.	pièces.
d'ap.	d'après.

La vente se fera au comptant.

Cinq pour cent en sus des enchères applicables aux frais.

M. Vignères, faisant la vente, se chargera des commissions.

Bordereau	L	M.	VZ	H	S	LB
	Loiselet	Maillard	c^te Vèze	Hennin	Soleil	LeBouchere
			Vig	Vig		Vig
1144.... —	178.25 —	260.50 —	327.50 —	1031.25 —	690.25 —	1216.75
57 20	26 75	8	6	76 75	103 50	32 75
1201 20	151 50	268 50	333 50	1108 00		1249 50
cdre 3 35		47 40	55 40	235 25	586 75	216 90
1204 35		221 10	278 10	872 75		1032 60
ßord. dimin 23 15						
1181 20						

frais 15 % sur 260 50 — 39
Bordereau d'achat 8 40
47 40

frais 15 % sur 327.50 — 49 10
Bordereau d'achat 6 30
55 40

frais 15 % sur 1031.25 — 154 65
Bordereaux achat 80 60
235 25

frais 15 % sur 1216.75 — 182 50
Bordereau d'achat 34 40
216 90

ℒℬ   S   H   V2   M.   L

1 25

7 50
20 50   20 ⁵⁰ Rous. 50
                            Ram. 20

9 50   9 ᴿRous 50

——————
——— 75

4   Lab. 3.50

9 50   9 ⁵⁰ Ram. 15

12 50   ——————
——————   39 50
64 75

DÉSIGNATION

DES ESTAMPES

ANCIENNES.

H

1. **Anonymes.** Monogramme A M., Alex. Mayr? et autres, sujets religieux, St Georges, etc 15 p.   *1   25*

2. — H C. Allégorie, la Fortune.   *7   50*

3. — H L. L'Homme de douleurs, B. VIII, page 35. — I.   *20   50 Vig*

4. — — Les instruments de la Passion portés par des anges, B. 2. Belle ép., rare.   *9   50 Vig*

5. — I A F. Oiseaux. 8 p.   *1*

6. — **allemand.** Mort de la Vierge, d'ap. M. Schongauer, les figures sont à mi-corps.   *1   75*

7. — **flamand, 1648.** Chiens debout et couché. 2 p.   *4*

8. — **italiens.** Femme et Faune, pièce rare provenant de la colection Debois.   *9   50 Vig*

9. — — La Vierge dans une gloire, Ste Catherine, Ste Madeleine et St François. Col. Debois.   *12   50*

10. — Généalogie des Bourbons en 3 feuil. réunies, contenant 40 portraits dont 8 en pieds : St Louis, Jean de Bourgogne, Henri IV et Louis XIII avec leurs épouses. Belle ép. H

11. — *Le très victorieux et libéral roy de France Charles VII*, à mi-corps, casque en tête et tenant la hache-d'arme. Jolie pièce. S

12. — F. H. Hans Liefrinck exeud. Port d'Henri II en pied. Sup. ép. d'une pièce très-rare. H

13. — Galle exeud. (Ph.). Port. d'Henri IV, 1600. Mars tibi, etc. Très-belle ép., rare.

14. — Port. d'Henri IV encore jeune. *Pinge pietatem, etc.* Pièce curieuse et belle.

15. — Statue d'Henri IV à cheval sur le Pont-Neuf. Belle pièce ancienne.

16. **Albert** (Chérubin). La Fuite en Egypte. B. 15.

17. — Port. d'Henri IV, B. 124.

18. **Amman** (J.). Jean Saucisson. L

19. **Audran** (G.). Frontispice de Louis-le-Grand, panégyrique par F. Faure, 1680. Avant toutes l., état non décrit, L. B. 88. Sup. ép. LB

20. — Allégorie, avant le port. de Clément X. 1ᵉ état, L. B. 243, Pegon, L. B. 250, Apollon. 3 p. LB

21. — d'ap. Poussin. Renaud et Armide. Rare ép., avant toutes l., et des travaux, L. B. 313.

22. **Bacler d'Albe**, d'après divers maîtres. 22 p.

23. **Bakhuyzen**. Port de mer, B. 9. Très-belle ép., belle marge. S

39 50   L   M.   VZ   64 75 (H)   S   DB

XSon 3850   50

Y 12. 7 50   7 50

T 30   31

C. 30. 40 .   40
T 50
                                                        10 50

                                                        7

                                                        2

                                                        15

Rem. 6 5 50   5 50   10 50

Y. 10.   3 50

S. 15.   16

                                                                2

Los. B.   19   28 50
05 20 142 50   5 50   220 15   26 50

LB   S   H   17.   M.   L
28 50   26 50   220 25   5 50   142 50

                  1 25

5   5   Grand 15.

4

                           2 25

3

         8 50

                                    4 75

2

9 50   3 50

1 50   1 50

4 50

2 4   2 4 · Sol. 20/
                                                               S.S. 30:
                                                                  T 15

         1   1

2 25

1 25

                  2 50

                  2

79 50   4 75

         39 25   2   2 25   172 50
              222 75

24. **Barbé** (J.-B.). Portraits des Apôtres et Evan-
gélistes et le titre. 21 p. Belles ép.

25. **Bartolozzi**. Muse et Laocoon. 2 p.

26. **Baur** (W.). Prise de Mons, siége et reddition
de Valenciennes. 2 p.

27. **Bega**. B. 10, 11, 20, 23, 25, 26, 28, 29, 34.
9 p.

28. — Le chanteur. B. 27.

29. **Berghem**. La vache qui pisse. B. 2.

30. — Le Berger assis sur la fontaine. B. 8.

31. — Le Troupeau traversant le ruisseau. B. 9
et les nos 13, 14, 16. 4 p.

32. — Pâtre jouant du flageolet. B. 6 et 14, 15.
3 p.

33 — Cahier à la femme et à l'homme en 6 flles.
B. 29 à 40. 12 p.

34 — — à la femme et à l'homme, en 8 flles. B.
41 à 56. 16 p.

35 — (d'ap.). Divers sujets. 25 p.

36. **Bernard** (Sam.). Port. de L. du Guer-
nier. R. D. 1. Pièce rare.

37. **Bleker** (G.). Le Troupeau en marche. B. 8.

38. **Bloemaert**. Scènes de Bergers, 1 à 4. Très-
belles ép.

39. David, Judas, St Pierre, etc. 6 p.

40. **Bloemaert** (C.) ? d'ap. P. B. de Cortonne.
Sacrifice romain. Avant toutes lettres, belle p.
en 2 flles.

41. **Blond** (le). Les Quatre parties du monde. 4 p.,
belles ép.

42. **Blooteling**. Vues du château et jardin de
Hoogleydt. 17 p., très-belles ép.

4

43. **Boel** (C.), d'ap. Téniers. La Consultation, le Tir de l'arc. 2 p. — S

10

44. **Boissieu**. Paysage, goût de **Wynantz**. 1re et sup. ép., belle marge. L. B. 103. — ,

8 50

45. — Suite de 10 paysages. 9 p., anciennes ép., et 3 p. modernes, en tout 12 p. — LB

18 50

46 **Bol** (F.) Astrologue. B. 8, belle ép., très-bel état, très-rare. — S

Vig 1

47. — Portrait d'homme. B. 12. — LB

Vig 8

48. **Bosse** (Ab.). Le pâtissier. Très-belle ép. — S

Vig 10 50

49. — Les présents à la mariée. Très-belle ép. — .

1 50

50. — Titres, manière de graver, et sentiments. 2 p. — .

2 50

51 **Both** (Jean). Paysages B. 1 à 10.—10. p. — LB

1 25

52. **Brebiette**, d'ap. P. Véronèse, Martyre de St Georges. Très-belle épr. — S

53. **Breughel** (d'ap.) Cock ex. Paysages 2 p. Belles. — H

6

54. **Bry** (Th. de) L'âge d'or, pièce ronde. — S

Vig 10

55. **Callot** (J.). Siége de La Rochelle, en 6 filles. — H

5

56. — Le siége de Breda en 6 filles et 3 filles de texte. — H

Vig 8 50

57. — Port. de Delorme médecin. Belle ép. Rare. — LB

Vig 2

58. — Petites misères de la guerre. Belles ép. 7. p. — .

Vig 2 50

59. — Costumes de la noblesse, 6 dames, 4 hommes et autres. 11 p. — .

2

60. — (Copies d'après) Balli : gueux, bohémiens. 33 p. — .

1 75

61. **Canaletti**. Vue de Ste Justine. — S

62. **Caraglio**. Adoration des Bergers. B. 4. — H

63. **Chauveau** (F.). Métamorphoses d'Ovide. 5 p. — S

2 25

64. — D'ap. Lahyre et autre. Les Trois Grâces. 2 p. — VL

	L	M	N	H	S	ℬ
172 50	5 50	4 75	2 25	222 75	39 25	79 50
					4	
					10	
						8 50
7 18.					18 50	
L. Leroy 12						1
Dette 5 B					8	
T. 10.: 10 50					10 50	
					1 50	
						2 50
					1 25	
				0		
					6	
7 40. 10				10		
				5		
S.S. 22. 8 50						6 50
2						2
2 50						2 50
						2
					1 75	
				0		
					0	106 50
215 00			2 25		100 75	
			4 50	232 75		

dB	S	H	V	M	L	
106 50	100 75 / 5	232|75	4 50			
				4 75	5 50	215 ..
	8					Mi 6
	9					Cam. 8
		2				
	1					1
	2 25					
		0				⌡ •
24					24	C. 15. / S.S. 85.
	7				7	os. 25
			5			
	3					
8 50						
7 50						
10 50						
21						T 20.
		2 50				2 50 Ron. 8.
173 ..	12		6 50			249 50
	148 ..	235 85		9 75		

65. **Cochin**. d'ap. P. Véronèse. Les noces de Cana. Belle ép. — 5

66. — La charmante Catin et l'opérateur Barri, par Balechou. 2 p. belles. — 8

67. — d'ap. Chardin, La Fontaine, très-belle ép. — 9

68. — L'Enfant prodigue. 4 p. Belles ép. — 2

69. **Crannch** (Lucas). Ste-Marie l'Egyptienne. B. 72. — 1 *Vig*

70. **Cuyp**. Sujets de vaches, avec le titre. 7 p. — 2 25

71. **Dagoty** (J.-F.-G.), 1752. Le Buzard demi-nat. Très-rare. —

72. **Daret**, Louis XIII à cheval, Anne d'Autriche en veuve avec ses enfants sur le trône. 2 p. — 24 *Vig*

73. **Dé** (Maître au). St Sébastien B. 14. Belle ép. Belle marge. — 7. *Vig*

74. — d'ap. Raphaël, Fable de Psyché avant *Ant. sal. exe.* B. 42, 52, 57, 58, 60, 64, 65, 67, 68, 69. — 10. p. — 5.

75. **Defrey**. La mère de Rembrandt. Sup. ép. avant toutes l. — 3.

76. — d'ap. Rembrandt, description anatomique et l'explication, Syndics de la Halle aux draps. 3. p. — 3. 50

77 — — L'ange disparaissant devant Tobie. Sup. ép. avant toutes l., papier de Chine volant. — 27 50

78. — — et autres, dont Dubois avant l. l. 8 p. — 10. 50

79. **Delft** d'ap. Mireveldt. Port. de Ch. de Bruns-wick et Ax. Oxenstiern. 2. p. Belles ép — 28 1.

80. **Deutlcom**, les Quatre Eléments, belles ép. — 2 50 *Vig*

81. **Dietricy**, St Jean prêchant. Sup. ép. avant le nom, avec belle marge. — 12

3	82. **Duguet** (Gaspard). Paysage rond. B. 2. Ep. avant l'ad. de Mauperché.	S
6	83. **Durer** (Albert). Adam et Eve. B. 1.	H
4 25	84. — Vierge au singe. B. 42.	
3 4	85. — Enlèvement d'Amymone. B. 71. Belle ép. très-bon état.	
3 8	86. — Mélancolie. B. 74. Belle ép., très-bon état.	
7 50	87 — L'oisiveté, ou le songe. B. 76.	
2 50	88 — Grande fortune. B. 77.	
5 50	89 — L'Hôtesse et le Cuisinier. B. 84.	
1 75	90. — Albert de Mayence. B. 103. Frédéric de Saxe. 104. et Maximilien par D. Hopfer 3 p.	LB
1 25	91 — St Coloman, Bois 2e état. B. 106.	LB
2	92 — Bois et autres. 19 p.	L
2 6	93. **Edelinck** (G.). Arnauld d'Andilly. Très-rare ép. avant toutes l. et le Cartouche. Etat non décrit par R. D. 142.	LB
5 50	94. — P. de Champagne, 1er état décrit p. R. D. 164.	LB
3 25	95. — Port de Blye. R. D. 179. Belle ép. 2e état.	H
Vuy 3 6	96. **Elllart** Frisius (J.). Port. d'Henri IV, in-fol. très-belle ép. Rare.	
2 25	97. **Episcopius**, d'ap. Breenbergh, Joseph faisant distribuer des bleds.	
2 50	98. **Everdingen**. Les deux paysans sur la colline. B. 71.	S
3	99. **Eynhouetts** (Remoldus). St Christophe (8). Belle ép. avant le nom. Col. Debois.	S
Blanc 16 50	100. **Ferdinand**. Port. de Poussin. Belle ép.	LB
Vuy 7 50	101. **Ficquet**. Marquise de Maintenon. Belle ép. grande marge.	S
Vuy 13 50	102. — Chennevière, Corneille, Descartes, Fénélon. Belles ép., 4 p.	LB

	L	M	V2	H	S	LB
	5 50	9 75	6 50	235 25	148 ..	173 ..
249 50					3	
				6		
				4 25		
				34		
				38		
				7 50		
				2 50		
				5 50		
						1 75
						1 25
		2				26 ..
						5 50
				3 25		
S.S. 40 36 ..				36 ..		
				2 25		
						2 50
						3

Solt. 4					16 50
y 10. 7 50				7 50	
Cany 15" 13 50 7 50			164 ..	13 50	
306 50			374 50	237 50	

B	S	H	W	M	L	
237 50	164	374 50	6 50	9 75	7 50	306 50
	9					9
10						10
	2				2	Rem. 15.
	2 50					
3 75						
				4		
25					25	12
22						
		——+——				
	2 25					
27						Comb. 25. J. 16. T 15.
		——6——				
			8 50			
	3					
2	182 75		15 ..	13 75		352 50
327 25						

103. **Flamen** (A.). Divers poissons d'eau douce, dédié à M. Foucquet. 2e état, R. D., 451, 452, 458, 465, 471 et 440. Belles ép., 6 p.

104. — Diverses vues de Longueloise, Marcoussi, etc., R. D., 521, 522, 523, 528, 529, 532, 533, 535, 562, 565. Plusieurs ép. avec remarques, 10 p.

105. **Floris** (Jacob). 1550, pièces en bois et autres, 18 p.

106. **Foek** et Ferd. **Kobell**. Paysages, 2. p.

107. **Fratel** (J.). Jésus, Sainte-Famille. Belles ép., 2 p.

108. **Galle** (Ph.). D'ap. Stradan, la Passion. 40 p.

109. **Gaultier** (Léonard). Chronologie collée. 69 portraits.

109 bis. — Th. de Leu et autres. 12 portraits.

110. **Gefugius** (A.). Speculum Firmamenti. Pièce en bois très-rare, 1565, coloriée.

111. **Gessner**. Idyle, n° 4. Belle ép.

112. **Geyn**. Anne de Polignac, maréchale de Châtillon. Sup. ép. rare.

113. **Ghisi** (Georges). Mantuan. Hercule couché par terre. Très-belle ép.

114. **Gillot**. Les Ages, la Vie des Satyres. 18 p., plusieurs doubles.

115. — Deux scènes diaboliques, Lafage, etc., 4 p.

116. **Goltzius** (H.). Les Muses. B., 147, 148, 152 à 154. 5 p.

117. — Port. de J. Bol, B., 161. Ph. Galle, 170. Anonyme, 207. Cath. Decker, 210. Officiers de guerre, 215, 218 et autres. 7 p. Belles ép. Pourra être divisé.

118. -- (Attribué à Matham, d'ap.). B. 281, 284, 303. 3 p.

119. **Granthome** (J.). Port. d'Henri IV. Belle ép.

120. **Guelard**, d'ap. Vanbloom. Sujets d'animaux. 2 p.

121. **Hackert** (par et d'ap.). Vues de Caserte, Persano et autres. 5 p.

122. **Heeke** (J. v. den). Différents animaux. Suite de 12 p., B., 1 à 12. Très-belles ép.

123. **Hogarth.** Mariage à la mode. 6 p.

124. **Hollar** (Wenceslas). Le Calice.

125. — Portrait de Hollar et de V. der Borcht. 2 p.

126. — Westminster. Sup. ép. Moulin, etc. 3 p.

127. — Enfants et sujets de pêche. 6 p,

128. — Papillons. 12 p.

129. — Sainte-Famille, Ch. Louis, comte Palatin, duchesse de Richemont et autres. 5 p.

130. — Lucas et Corn. de Wael, Th. Howard, Malder, Marg. Lemon. 4 p.

131. — D'ap. Helsheimer. Cérès cherchant sa fille. Très-belle ép.

132. — Les Quatre Saisons. Belles ép. 4 p.

133. **Houel.** Animaux divers à l'eau-forte. 17 p.

134. **Huchtenburg**, d'après Vandermeulen, combats et études de chevaux. 13 p.

135. — Marche du Roi accompagné de ses gardes passant sur le Pont-Neuf. En 3 feuilles jointes.

	L	*M.*	*V2*	*H*	*S*	*B*
	7 50	13 75	15	374 50	182 75	327 25
						27 ..
	352 50					
						24 ..
T.45. 24						
						2
				9		
C.12.	9					1 75
	2		2			
				12 50		
		18				
				6		
					2	
	2				5 50	
						2
			1 / 2			
			6			
	6					
			15			
A.36. 15						
			10			6
						2 50
			25 50	17		190 25
				7 50		
	410 50		45 75	409 50		392 50

B	S	H	Vz	M	L		
392 50	190 25	409 50	17	45 75	25 50	410 50	10.
29						19 50	
8						15 / Sela 5/ 22 11 ; 15/ 50	
15 50							
	3 75						
		3					
5						1 75	
1 75							
		3				Schl. 7.50 Prem. 10.	
11							
5 50							
	8 50						
4 50						S.S. 20	
		25					
7							
479 75	**202 50**	**3 50** **444 ..**				**45 ..** **427 75**	

136 **Huet** (J.B.). Son œuvre gravée à l'eau-forte. En 38 pl. in-f°, carton.

137. **Huret**. Théâtre des douleurs de J.-C. 32 p.

138. **Janinet**, d'ap. Ostade. Fac simile de dessins en couleur. 3 p.

139. **Jardin** (Karel du). 46 p. Diverses. Pourra être divisé.

140. — Son œuvre en 52 p., en feuilles.

141. **Jode** (P. de), d'ap. J. Cousin. Le Jugement dernier, en 12 feuilles. Très-grande p., anc. ép., collée sur toile. Fatiguée.

142. **Killan** (L.). Santuarium Christianorum. J.-C. et les apôtres, en pieds avec titre. 16 p. Belles ép, marge.

143. **Klauber**. Port. de la femme de Miéris, d'ap. lui.

144. — D'ap. West. Bataille de la Hogue.

145. **Lafleur** (Nic.-G.), peintre lorrain. Son portrait, gravé par lui-même.

146. **Lasne** (Michel), Mellan, etc. P. Corneille, etc. 6 p.

147. — Portrait de Quesnel et autres. 6 p.

148. **Leclerc** (Seb.). Ancien-Testament. 32 p.

149. **Le Mercier** (J.). Statue de Henri-le-Grand à Saint-Jean-de-Latran, 1608. Pièce très-curieuse et très-rare.

150. **Leoni** (Octave), Port. de Bernin. B. 19. Arpinas, 23. Galilée, 27. Marinus, 30. Pesaro, 32. Roncoli, 35. Stilianus, 37. Tempeste, 38. 8 p., Belles épr.

151. **Le Pautre** (P.). Plan général de Versailles, orné du port. de Louis XV jeune. Très-gr. fo.

152. **Leprince.** Scènes et costumes russes à l'eau-forte et en bistre. 97 p. Pourra être divisé.

153. **Leu** (Th. de). Henri de Bourbon Condé à l'âge de 12 ans. Très-belle ép.

154. — Henri IV à cheval, âgé de 45 ans, 1596. Belle ép.

155. — Fr. de Bourbon, prince de Conti. Très-belle ép.

156. — Antoine Caron. Belle ép., grande marge.

157. **Livens** (J.). Mercure endormant Argus. Belle ép. B. 10.

158. — Anachorète. B. 7. Figure orientale, B. 12. Vieillard assis, B. 52. 3 p.

159. **Londonio** (F.). Scènes rustiques avec bestiaux. 35 p.

160. **Lorrain** (Claude Gellée dit Le). L'apparition. R. D. 2. 3e état. Le Naufrage. R. D. 7. 2e état. Le Troupeau en marche. R. D. 18. 3e état. 3 p,

161. **Loutherbourg.** 1re suite de soldats. 9 p.

162. **Lucas de Leyden.** St-Georges. B. 121.

163. **Manesser.** Armoirie d'Augsbourg, St-Georges de Dieterlin. 2 p.

164. **Manglard.** Paysages. R. D. 19, 33, 41. 3 p.

165. **Mantègne** (A). Le Sénat de Rome accompagnant un triomphe. B. 11.

166. **Marcenay** (de). Tête de la dame à la plume avant l. l. Sup. ép.

167. — Paysage d'ap. Vernet, port. de Rembrandt.

168. **Mecken** (J. de). La Résurrection. B. 20.

169. — Jésus disputant au Temple. B. 39.

170. — Les deux Amants. B. 181.

L	M.	VL	H	S	B
			444 ..	202 50	479 75
.45	45 75	17			12
427 75					5 50
ain 5. 5 50			20 50		
T. 50. 20.50			7 50		
h. 20			14 ..		
2 50				2 50	
				9	
6 50				6 50	
					13
					2.50
				9	
			1 25		
		4 50	1 50		
				5	
12. 5				1 75	
1 75			8		
5			5	336 25	512 75
474 50		50 25	18		
			519 75		

dB	S	H	VZ	M	L		
512 75	236 25	519 75	17	50 25	45		
5							474 80
		3					8 64
6 50							6 50
		7					7
9 50							9 50
9 50							
5		6					6 7 10
	13						13
6							6
35							Sol. 10
		2 50					
		1 25					
	15						
584 25	6 270 25	539 50					523 00

LB   171. **Mellan** et **Bosse**. Port. de Howel en pied.   *5*
     Pièce très-rare.

H   172. **Moncornet**. Les 4 parties du jour, repré-   *3*
     sentées par des portraits de femmes, la duch.
     d'Aiguillon? etc. Belles ép.

LB   173. **Morin**. D'après Ph. de Champagne. Saint   *6. 50 Vig*
     Charles Borromée. R. D., 45. Belle ép. avec
     marge.

H   174. — D'ap. Ferdinand, Henri IV. R. D. 60.   *7. Vig*
     Belle ép.

LB   175. — Louis XI. R. D. 63. Très-belle ép.   *9. 50 Vig*

.   176. — Ant. Vitré. R. D. 88. Très-belle ép.   *9. 50*

.   177. — **Muller**. Port. d'Henri IV avec ornements.   *1. Vig*

H   178. — Port. de Jérôme Napoléon, roi de West-   *6. Vig*
     phalie. Belle ép.

S   179. **Naiwinex**. Paysage. Très-rare. B. 9.   *13 — Vig*

LB   180. **Nanteuil**. Henri de Longueville. R. D. 149.   *6 — Vig*
     Marolles. R. D. 171. Grande marge. <u>G. Scu-</u>
     <u>déry</u>, 1ᵉʳ état. R. D. 221. Belle ép. 3 p.

.   181. **Norblin** (J.-P.), Son œuvre en 77. p.   *35 . Devan.*
     dans un portef.

H   182. **Ossenbeck**. D'ap. N. V. Hoy. Représenta-   *2. 50*
     tion d'un ballet à cheval. B. 32 à 45. — 14 p.
     Très-belles ép.

.   183. — Fête, grande cavalcade faite à Vienne.   *1. 25*
     Belle p.

S   184. **Ostade**. La Cruche vide. B. 15. Belle ép.,   *15 .*
     belle marge, provenant de la col. R. Dumesnil.

.   185. — L'Ecole. B. 17. La Dévideuse. B. 25. La   *6 .*
     Chanteuse. B. 30. Le Joueur de violon bossu.
     B. 44. — 4 p.

186. **Parrocel** et **Peyron**. 3 p. 2 — S

187. **Pas** (Sim. de). Henri IV et Marie de Médicis, armoiries. 2 p. tirées d'une planche d'argent. — H

188. **Perret**, d'ap. Breughel. La Femme adultère.

189. **Pesne** (J.). Port. de Poussin. R. D. 6. Très-belle ép. 1er état avant l'ad. d'Audran. — £3

190. — d'ap. Poussin. Ravissement de saint Paul, et Frappement du rocher, par Audran. 2 p. — S

191. **Picart** (B)., fac simile d'ap. Raphaël, académies, etc. 19 p. — M

192. **Picart** (J.), d'ap. Bosse. Louis XIII à cheval, avec 4 vues plans de villes, dont siége de Cazal ; autour avoir ce grand monarque. Belle pièce. — H

193. **Pitteri**, d'ap. Pazetta. Têtes. 2 p. — £3

194. **Ploosvan** Astel, d'ap. Rembrandt. Port. d'un bourgmestre. Très-beau fac-similé.

195. — Et autres, d'ap. P. Potter, Visscher, Scalken. 4 p.

196. **Pontius** (P.). Port. de Rubens.

197. **Potter** (P). Le Vacher. B. 14.

198. **Poussin**, (d'ap.) Ravissement de saint Paul. Enlèvement des Sabines. La Manne. 4 p.

199. **Ragot**, d'ap. Rubens. Chute des Anges. Très-belle ép. — Jésus au jardin des Oliviers, par Baillu. 2 p. — S

200. — Thomiris. Grande p. en 2 feuill. Belle ép. — H

201. **Raimondi** (Marc-Antoine). La Nativité. B. 16.

202. — Massacre des Innocents. B. 20.

203. — Lucrèce. B 192.

L   M   N   H   S   LB

         45   50 25   17   539 50   270 25   584 25

523 ..   2

  2

~ g.   4 75   4 75

                                     1

Ren. 7. 1   27

Jol. 25/

Crey 6/ 2 25   2 25

                 4

                                   3 3

                                                       1 75
                                                       11 50

Jol. 10. 11 50   3

                                                       15 50
                                                        2
                                                       4 50

                                            3

Crey 5/ 3

   ─┼─   ─┼─
                                  2 50

547 50   54 25   647 50

                              ─────── 277 50
                                 6
                              580 75

ℒℬ   S   H   VR   M   d

647 50   277 50   580 75   17   54 25

                         5

                         5

                      36 50   36 50   0.d.40
                       5 50
                       7 50   7 50

                      11 50
                      11 50
                         3   3
                         5   5

                         9 50   9 50

                      19 50
                      19   19   3.d.25

          2 50

          12

          10 50
           3 25
           5 50
           7 50
           6

           2   689 85   2
          326 75   605

204. — Alexandre faisant serrer les livres d'Homère. B. 207. — *5*

205. — Le Triomphe ou Tito, copie. B. 213. Très-belle ép. — *5*

206. — Le Satyre et l'enfant. B. 281. Très-belle ép. — *36. 50 Vuy*

207. — Faune accompagné d'un enfant. B. 296. — *5. 50*

208. — Les angles de la chapelle sixtine, Jupiter, 342. Mercure, 343. Cupidon et les Grâces. 344. Belles ép. — *7. 50 Vuy*

209. — Jeune homme au brandon. B. 360. — *11. 50*

210. — Jeune homme à la lanterne. B. 384. — *11. 50*

211. — La Peste ou le Morbetto. B. 417. — *3 Vuy*

212. — Homme tenant une femme par les mains. B. 471. 1er état. — *5 Vuy*

213. **Ravenne** (Marc de). Massacre des Innocents sans le chicot. B. 20. — *9 50 Vuy*

214. — Le Jugement de Pâris. B. 246. — *19. 50*

215. — Vénus et l'Amour portés sur des dauphins. 2e état. B. 324. — *19. Vuy*

216. **Reinhart**. Rome, 1810, et Mikler Riger. Paysages. 2 p. — *2. 50*

217. **Rembrandt**, aux trois moustaches. B. 2. Vieillard vu de dos. B. 143. David priant. B. 41. 3 p. — *12*

218. — Circoncision. B. 48. J.-C. en croix. B. 80. 2 p. — *10. 50*

219. — Repos en Égypte. B. 57. — *3. 25*

220. — Transport de J.-C. au tombeau. B. 84. — *5 50*

221. — La fortune contraire. B. 111. — *7 50*

222. — Homme à cheval. B. 139. Bataille. B. 117. 2 p. — *6*

223. — Homme avec chaîne et croix. B. 261. — *2 Vuy*

224. — J. Antonides. B. 264. J. Sylvius. B. 266. Ménassé. B. 269. Faustus. B. 270. J. Lutma. B. 276, et 2 copies. 7 p.

225. — Utembogard de la Col. Mariette, 1694. B. 279.

226. — Utenbognert. Le Peseur d'or. Papier du Japon. B. 281.

227. — Tête d'homme de face, 304. Vieillard à tête chauve, 324.

228. — Par et d'après, divers sujets. 16 p.

229. **Ridinger.** Chevaux, chasse, différents animaux. 25 p.

229 bis. — Le pas des chevaux. Grande pièce.

230. **Roghman** (R). Vue du bois de Senning. B. 14. Et le quartier de Roche. B. 26. Belles ép. 2 p.

231. **Romain de Hooge.** Pièces historiques, batailles, titres, etc. 92 p.

232. **Roos** (J.-H.). Groupes de bestiaux. B. 19 à 30. 12 p.

233. **Rubens** (d'ap.), par Bolswert, Pontius et Vorsterman, Brutus, César, Démocrite, Néron, Scipion, Sénèque. 8 p.

234. — Par Worsterman, la Chute des Anges, Hist. de Constantin, la Pêche. 4 p.

235. — Apôtres et autres sujets. 18 p.

236. — Hérodiade, vierges, portraits. 21 p.

237. — Paysages, G, Hendrik. 4 p.

238. **Ruelle.** Pompe funèbre du duc de Lorraine. 48 p.

239. **Rugendas.** Batailles, scènes militaires. 86 p.

605   *d*   *M*   *Ph*   *H*   *S*   *LB*

	d	*M*	*Ph*	*H*	*S*	*LB*
605	45	54 25	17	689 25	326 75	647 50
						7 50
4						4
					26	
					9 50	
	7					14
						2 75
					9 50	
		5 50				15 50
						3
						4
						2
			13			
	2 75			18		
10/	54 25	59 75	30	707 25	371 75	14 ..
612						714 75

zolni a

Cn.. 10/ 3

10/

L 489 400 Vignettes ℓ.   à 2 25
L   2 Vol. atlas   1
L   Rouleau panorama   1
L   150/50/200 Vignettes   Guichardot 2 2 .
L   110/160 50 Paysages vues .   1 75
L   600 Vignettes environ   2 ..
L   210 antiquités   1 75
L   700 Vignettes   2 ..
L   100 pieces environ Vignettes   1 ..
L   47 Moreau et autres   1 25
M 471 100 Caricatures   1
M   40 d°   1 25
M   50 d°   1 25
M   16 palais de justice   1 25
L 489 700 environ Vignettes   1 ..
L   700 Garanti d°   1 75
L   50 pieces Diverses   1 25
L   50 pieces Diverses   2 50
L   50 pieces Diverses   1 25
                                                4 75
                                              2 -230 75
                                                1 - 25

M. Daguerréotypes

476 2 vues Grandes plaques   1 25

    4 vues et académies petites pl.   3 ..

    3 académies   2 50

    2 académies   1 75

    2 académies   2 ..

    2 académies   Vig. 6 50

    2 académies   Vig. 2 50

    2 Acad. Grandes plaques   1. 50

    1 acad. Couchée G°   Vig. 2 75

    1 acad. Couchée Gde. Vig. 3 ..

    1 acad. Assise   2 25

                 29 00

Bordereau

489   1

476   6 50

      2 50

      2 75

      3

  1128 25

  1144 00

B	S	H	R	M	L	
714 25	371 75	707 25	30	59 75	54 25	612
4						
2						
			20 50		20 50	
			6			
6					6	Sol. 30.
16 50						Sieur 8. T . 12.
10 50						
	10					
6					6	
	8 50					Sar. 8.
	10					
	11 50					
	18 50				18 50 Crm 20	
		6 50				
	2 25					
				5		
753 25	432 50	1 25	56 50	64 75	1 25	
					657	

LB 240. **Sadeler**, Matthias emp. J. d'Ach. Peintre par Saenredam. 2 p. — 4 -

241. **Saenredam**, d'ap. Bloemaert. Histoire d'Adam, en 6 p. — 2

VL 242. **Saint-Aubin**. Perronet et Louis de Silvestre. 2 p. — 20 50 Vry

243. **Saint-Non**, d'ap. divers maîtres. Environ. 200 p. — 6 -

LB 244. **Salvador**, le fils de Rubens. Sup. ép. avant toutes lettres avec les armes. Belle marge. — 6 Vry

245. **Savart**. Mad. Deshoulières. Très-belle ép. avant toutes lettres. — 16 50 ....

246. **Schalcken**. Port. de Gérard Dow. Belle ép. — 10 50

S 247. **Schmidt** (G.-F.), d'ap. Flink. Vieillard à toque. 131. Très-belle ép. — 10 -

LB 248. — Cats expliquant l'histoire à Guillaume II, prince d'Orange. 152. Pièce rare. — 6 Vry

S 249. — D'ap. Rembrandt. Jacob. 139. Très-belle ép. — 8 50

250. — — J.-C. couronné d'épines. 159. id. — 10

251. — D'ap. Vandyck. Vierge, Jésus et saint Jean. 176. — 11 50

252. — D'ap. Dietricy. Présentation au temple. 167. Sup. ép. — 18 50 Vry

H 253. **Schonganer** (M.). L'Adoration des rois. B. 6. — 6 50

S 254. **Silvestre** (Israel). Le Pautre, Perrelle. 15 p. — 2 25

M 255. **Smith** d'ap. Rembrandt et autres. 55 p. — 5 -

H 256. **Stephanus** (de Laulne). Les Planètes, 7 p. Très-belles ép. — 1 25 Vry

257. **Stimer** (attrib. à Abel). : Allégorie Mercure, les Arts et les Sciences personnifiés par une femme.   H

258. **Stoop.** Chevaux. B. 1, 5, 6, 8, 9, 11, 12. —   L3

258.*7 P. Bis — cheval s° 11 —*   S

259. **Suyderhoef** d'ap. Rembrandt. Swalmius.   LB

260. — d'ap. Ostade. Homme et femme buvant. Belle ép.   S

261. — et Lyvens. Portraits. 4 p.   M

262. **Swanevelt** (H.). Les deux cavaliers. B. 79.   S

263. — L'Hopital. B. 87. Ces 2 ép. sont avec excudit.   .

264. **Theodore.** Paysages ronds. R. D. 1, 2, 6, 2ᵉ état. 3 p.   V2

265. **Tiepolo.** Fantaisies, 8 p.   S

266. — Armoirie. saint Jérôme Émilien, etc. 3 p.   .

267. **Treu** (Martin). L'Enfant Prodigue dissipe son bien. B. 6.   H

268. **Uden** (Lucas Van). Paysage. B. 32. Belle ép. marge.   S

269. **Umbach.** Saint Martin, saint Jérôme. 2 p. Belles.   .

270. **Wael** (Corn. de). L'Enfant Prodigue, etc. 11 p.   M

271. **Vandermeulen** (d'ap.), par Baudoin, Cochin, etc. Vues d'Ardres, Besançon, Béthune, Calais, Fontainebleau, Gray, Lille, Salins, Tournai. 9 p. Belles ép.   H

272. **Van de Velde** (Ad.). Animaux, B. 2, 4, 6. — 3 p.   L3

	L	M	Vz	H	S	B
657	54 25	64 75	56 50	707 25	432 50	753 25
				0		
						2 25
					8 50	
fl.12	8 50					7
					9	
	2	2			5	
	5				4	
	4					
			1 50			
					3 75	
					10 50	
				9 50		
					4 50	
					4 50	
fol. 51	3	3				
				8 50		
	679 50	69 75	58 ..	719 25	482 25	4 25 / 766 75

B	S	H	VZ	M	L	
766 75	482 25	719 25	58	69 75	57 25	679 50
	50					50 Dobri 110
26						
8 50						
	4					
					10	10
			5 50			
			1		1	1
		1 75				
1 50						
		15				15
		5 50				
	3 75					
		8				
34 50						
		8 50				
	2 75		64 50		64 25	
837 25	492 75	808 00				755 50

d. 11. 25.

6/

S.S. 30
M. 15.

273. — La vache et les deux moutons au pied d'un arbre, B. 11 ; le bœuf pie et les trois moutons, B. 12 ; les deux vaches au pied d'un arbre, B. 13 ; la brebis, B. 14 ; les deux moutons, 15. 5 p. très-belles et du plus beau temps du maître.

274. **Van-Dyck**. Port. de Philippe-le-Roy. Belle ép.

275. — Jean de Waël, marquis de Mirabelle, par Bloteling ; duchesse de Lenox, par Hollar 3 p. Belles ép.

276. **Watteau** (par et d'ap. A.). 6 pièces.

277. — Divers, dont les Chinois. 33 p.

278. **Wateau** (P.). Sujets militaires. 24 p.

279. **Waterlo**. Le Moulin. B. 119.

280. — Le chien buvant dans le ruisseau. B. 120. Belle ép.

281. **Welrotter**. Village près Bruxelles, etc. 3 p.

282. **Venitien** (Aug.). La Carcasse, B. 426. Belle ép.

283. **Westerhout** d'ap. Ruggeri. Arbre généalogique de la famille *Piccolomini*. Immense pièce en 16 feuilles réunies.

284. **Vico** (Énée). La Force, B. 50 ; les Parques, B. 76 ; La Paix, B. 81 ; la Victoire, B. 82. 4 p. très-rares.

285. — Port. d'Henri II. Médaille de Doni. B. 247. Belle ép.

286. **Wierix**. Mich. de l'Hôpital et autres. 10 p.

287. — Port. de Henri III, petit fo.

288. **Vignon**. J.-C. guérissant des aveugles, R. D. 5 ; Baptême de l'eunuque, R. D. 22. — 2 p.

4 · 75	289.	**Villamena** (F.). Figures en pied. 5 p.	H
3	290.	**Wille**. Le petit physicien. L. B. 66.	S
4	291.	— Port. de Massé, Parrocel, etc. 3 p.	VZ
1 · 75	292.	— par et d'ap. Sainte-Famille; la Bonne Mère. 2 p.	L
1 · 75	293.	**Winstanley**. Bacchanale. Belle p.	H
5 · 50	294.	**Visscher** (C.). Port. de sa mère. Basan. 26.	LB
7 · 50	295.	**Visscher** (J.) d'ap. Ostade. Le Tâtonneur.	S
5	296.	**Vlieger** (Simon de). Les Moutons, B. 15; les Dindes, B. 18. 2 p. Très-bel état.	H
	297.	**Woieriot** (P.). Phalaris, R. D. 2e état.	·
Vig 3·0	298.	**Vorsterman** (L.). Port. de Charles de Bourbon, connétable. Belle ép. col. Mariette, 1694.	LB
Vig 11·50	299.	— Triomphe de Louis XIII, thèse en 2 feuil.	H
12·50	300.	**Wouvermans** (d'ap.) par Moyreau et autres. Compositions de chevaux. 28 p.	LB
3	301.	Assignats de différentes valeurs. Grande flle. Réunion des assignats, billet de banque, 1720.	M
3 · 25	302.	Pièces historiques et autres. Prise de la Bastille, Louis XVI, Etats de Languedoc, etc. 7 p.	L
2	303.	Allégories très-curieuses sur la Pratique active et passive; la Vertu et la Volupté, par Greuter, le Jugement dernier. 3 p.	H
11	304.	Catafalques, Monuments funèbres. 38 p.	M
6	305.	Description géographique des îles de Venise à Constantinople, par G. Franco. Venise, 1597, en italien. Sup. ép. extrêmement rares. 61 p. au lieu de 71. Manquent les nos 17, 18, 27, 29, 38, 43, 44, 67, 68, 69.	H
Vig 6	306.	**Lyon**. Plan de la ville, par Guingou, en 4 flles et 4 flles de texte réunies en une, chez Froment, rue Mercière. Très grande et belle p.	·

	L	M	VZ	H	S	LB
	755 50	64 25	69 75	64 50	808 ··	492 75	837 25

4 75

3

4

1 75

1 75

5 50

7 50

5

0

C. 20. 20.   30
T 40

C. 12.   11 50   11 50

12 50

3

3 25

2

1

6

20.   6   69 25   68 50   6   503 25
      803 ··   73 75   840 25   885 25

dB	S	H	VZ	M	L
885 25	503 25	840 25	68 50	73 75	69 25	803
		6				6 decima 20
		7				
			2 50			
			4			
			3 50			
			5 50			5 50
			5 50			
	2 50					2 50
				1 75		
			3			
	2 25					
	2					
	2					
	3 75					3 75
	3					decima 8/...6/
						g.../50. 10.
			9 50			
			2 50			2 50
			5			
			11 50			
	4 50					4 50 Vil. 12.
	4 50					4 T 6
	4					
898 25	518 75	121 00		5 50		6 50 Vil. 14.
	853 25			6 50		850 75
				87 50		

307. **Lyon**. Plan de la ville, d'ap. Maupin, par D.
V. Velthem, 1625, en 3 flles et 3 flles de texte
réunies en une. Grande et belle p.

308. **Strasbourg**. Vues de la cathédrale et de
l'horloge en bois et autres. 4 p.

309. Vues de France, gravées. 23 p.

310. — Lithog. par Bourgeois. 80 p.

311. — D'Espagne, d'Italie, etc., environ 175 p.
Sera divisé.

312. — De Normandie, gravées, lith. et col. 18 p.

313. — De Nuremberg, etc., par Delsenbach. 20 p.

314. **Vignettes** anglaises et autres. 57 p., dont
plusieurs belles ép. Chine.

315. — D'ap. Johannot, pour Delille. 10 p.

316. — — Pour Châteaubriand. Ep. Chine. 25 p.

317. — D'ap. Bonington, Wilkie et autres. 23 p.

318. — D'ap. Raphaël et autres. 18 p.

319. — Par Chodoviecki, B. Picart et autres. 12 p.

320. **Fragonard** (d'ap.). Vignettes in-4, pour les
contes de La Fontaine. Ep. avec différences
d'eaux-fortes et terminées. 27 p.

321. **Moreau** le jeune (d'ap.). Vignettes in-4, pour
J.-J. Rousseau. La plupart avant l. l. 25 p.

322. Le bon genre. 33 p. coloriées.

PORTRAITS.

323. Portraits, manière noire anglaise. Buchley,
avant l. l. Mrs Wolff etc., 15 p. Sera divisé.

324. — La reine Caroline de Danemark. Avant t. l.

325. — **Reynolds** (d'ap.). Portraits. 8 p.

326. — Anglais en pied et autres, d'ap. Cosway et autres ; princesse Charlotte, Crouch, etc. 7 p.

327. — Divers, l'Arétin, Dante, Savonarole, etc. 22 p.

328. — Nestier, Ch. Em. de Savoie, etc., Aristote, par Enée Vico. 14 p.

329. — Coypel, Desportes, Marieschi, etc. 6 p.

330. — D'artistes peintres, par divers. 19 p.

331. — Portraits divers. 9 p.

332. — Par Audran, Cathelin, Chereau, etc. 20 p.

333. — Par Drevet, Edelinck, Larmessin, etc. 20 p.

334. — Par Lebas, Poilly, Schmidt, Simonneau, etc. 20 p.

335. — Par Muller, Surugue, Vermeulen, etc. 20 p.

336. — Par Gheyn, Kilian, Sadeler, etc. 26 p. Belles ép.

337. — Par Hollard, J. V. Velde, Vorsterman, etc. Belles ép. 13 p.

338. — Divers, anciens et modernes. 72 p.

339. — Divers. 60 p.

340. — D'artistes peintres, etc. 42 p.

341. — Famille royale. 32 p.

342. — D'Henri IV, différents. 100 p.

343. — Sujets où se trouve Henri IV. 90 p.

344. — Histoire de la Monarchie française. Port. depuis Pharamond à Louis XIV. 13 p.

345. — Les Héros de la Ligue, où la Procession monacale, conduite par Louis XIV. Paris, P. Peters, 1691. 26 p. en m. noire, dont le titre et sonnet.

L   M.   R   H   S   B

850 75 . 69 25 . 87 50 . 121   853 25   518 75   898 25
                                                          3

                                                          2 25

                                                          —2 25—

         7 50   7 50
                                                          3 25
         5   5
                                        16
12   10
8   Ellane 25/. 10   19 50
                                        15

                                        15
7   Gal. 15.   11 50   11 50
                                                          7 50

                                                          8 50

                                        5 50
         4 50   4 50
                                        8 50
                                        3 50
         10   10
                                        9 50
                                                1

      ——————   74 25 ———————— 249 50   4   ——————
      899 25   930 25
                                              858 25

B   S   H   R   M   L

930 25   518 75 858 25 249 50 87 50   74 25   899 25
3

                24   24
                                                                T . 10.

                                        3 25
                                        2 75   2 75
1 50   1 50

                                        10 50   10 50
                                                                Henry 12 J 10
                                                                (Solomon 5)

                2   2

                2   2 M. J.

                2   2
                1 50   1 50
                12 50
0

1 75

1
—————
1 50
2   2
1
2 75   571 75
944 75   2 25   104 00   2 25
                                         251 75   949 75

346. — Jeanne d'Arragon, par Chereau, card. Polus, Raphaël et son maître d'armes, par Larmessin. 3 p.

347. — Bartolini, Callot, Camus, Conrart, Mazarin. 5 p.

348. — Par Edelinck, Nanteuil, Vauschuppen. 5 p.

349. — Portraits de princes et princesse d'Etrurie. 12 p.

350. — Comtesse de Carlisle, etc. 7 p.

351. — Modernes. Bourguemestre, par Longhi; général Bréa, lith. non publiée. 15 p.

352. — Mad. Gevaudan (Mlle Devienne), lithog. par Cœdes, non publié, rare.

353. — Georges Sand, Jules Janin, gravés par Desmadryl. 2 sup. ép.

354. — Mlle Mars, par Lignon; Richardot, par Giraud. 2 p.

355. — De la gal. de Versailles et autres. 23 p.

356. — De l'artiste et autres. 23 p.

357. — Divers. 40 p.

358. Portraits-costumes allemands, avant toutes l. 4 p.

359. — — en pied du XIᵉ au XIVᵉ siècle, par Dworzach, allemands, anglais et espagnols. 16 p.

360. Costumes et portraits. 8 p.

361. — turcs, par Leclerc. 25 p.

362. — divers, par H. Lecomte, color. 49 p.

363. — tirés de Montfaucon. 16 feuilles.

364. — Sauerwied. Cosaques coloriés. 4 p.

365. Médailles, camées, antiques. 61 p.

2 25	366. **Bas-reliefs**, arc de Constantin, etc. 15 p.	*LB*
1	367. Procédé Colas, spécimen. 15 p.	.
13	368. **Ecole italienne.** Maître au Dé, Mantuan. 35 p. Sera divisé.	*L*
2 50	369. — Marc-Antoine et autres, dont la Danse des enfants. Copie. 10 p.	*S*
13 50	370. — Par et d'ap. Mantuan, Marc-Antoine, Michel-Ange, Raphaël. 29 p.	*M*
9 50	371. — Eaux-fortes Cantarini, Guide, Salimbeni. 10 p.	*S*
6 50	372. — Albane. Les Quatre Éléments, Ananie, etc. 11 grandes p.	*L*
1 50	373. — D'ap. Corrége. 17 p.	*M*
12 50	374. — Par et d'ap. Guide, M. Ange, Raphael. 14 p.	*LB*
1 75	375. **Ecole flamande.** Pannels, etc. 12 p.	*M*
3 25	376. — Cabel, Plonski et autres. 15 p.	*S*
4 75	377. — Par et d'ap. Bloemaert, Claessens, Goltzius, Rembrandt. 22 p.	*LB*
5	378. — Kolbe, Ostade, Téniers. 8 p.	.
8	379. — Le Coup de Fléau, d'ap. Rubens, Téniers. 4 p.	*L*
1 50	380. — D'ap. Téniers et Brauwer. 4 p.	*S*
5 50	381. Animaux, par M. de Bye et autres, d'après P. Potter et autres. 83 p.	*LB*
3 25	382. — Copie du chien de Galtzius, Petits-Maîtres. 10 p.	*L*
11 25	383. **Ecole française.** Poussin, etc. 15 p.	*M*
Vig. 2 50	384. — Audran, Duplessis, Bertaux, etc. 19 p.	*S*
2 50	385. — Par divers, Lahyre, Natoire, Pérignon, etc. 34 p.	*VL*

	L	M	VL	H	S	LB
949 75	74 25	104 ..	251 75	858 25	571 75	944 75
						2 25
						1
	13					
					2 50	
		13 50				
					9 50	
	6 50					
		1 50				
						12 50
		1 75				
					3 25	
						4 75
						5
	8					
					1 50	
						5 50
	3 25					
		1 25				
2 50			2 50		2 50	
	105 00	122 00	254 25		591 00	
952 25						975 75

ℒB	S	H	VZ	M	ℒ
975 75	591	858 25	254 25	122 ..	105 .. 952 25
1 25					
			24 50		
	4 50				
					3
					2 25
			16 50		
					2 50
					2 75
					2 ..
					2 50
2					
1					
			2		
			3		
1 75					
			1 75		
				4 ..	
1 25					
			14 50		14 50
					5 50
	595 50	292 00		1 25	
983 00			150 50	126 75	966 75

386. — Par et d'ap. Lahyre, Lebrun, Loutherbourg, Parrocel, Vernet. 9 p.

387 **Chardin.** Debucourt, Lancret, Watteau, etc.
17 p.

388. **Greuze** (d'ap.). La petite mère, jeune nour-
rice, etc. 4 p.

389. Sujets gracieux, dont l'Épouse indiscrète. 14 p.

390. — dont l'Amour, d'ap. Vanloo. 21 p.

391. — d'ap. Coypel, Jeaurat, Lawrince, Lebas,
Pater, scènes de décorations théâtrales. 20 p.

392. Don Quichotte, Ragotin, d'ap. Coypel, Pater.
11 p.

393. **Schall** (d'ap.), par Dupreel. La Comparaison.
Belle ép., marge.

394. Sujets à la sanguine et en couleur. 12 p.

395. École française et diverses. 20 p.

396. Sujets divers. 35 p.

397. Paysages. Mauperché, Swanevelt, Waterloo.
13 p.

398. Divers. Berghem, Bourdon, Ozanne, etc. 26 p.

399. — Animaux. Huet et autres. 28 p.

400. Marines de Beaujean et autres. 31 p.

401. Galerie Filhol et autres. 50 p.

402. Galerie du Palais-Royal. Filhol. 20 p.

403. Sujets, Saints et Saintes. 10 p.

404. Ornements divers anciens, environ 40 p.

405. Ornements par Albertolli, et autres décorations théâtrales. 75 p.

406. Lajoue (d'ap.). Voûtes, panneaux. 3 p.

OUVRAGES A FIGURES.

407. Cabinet Choiseul. 1 vol. in-4, carton.

408. Marine militaire, recueil de vaisseaux et manœuvres, par Ozanne. 1 vol. in-4, v. m.

409. Arnoldi Montani Auriaco-Nassovia Domus. Amsterdam, 1663, in-12. Portraits.

410. Les Roses de l'amour céleste, par de Rosières. in-12, fig. rel. en v.

411. Les dévots élancements du poëte chrétien, par A. de Rambervilliers, Toul, Dubois, in-12, les fig. par Th. Deleu. Très-belles ép., sont rognées.

412. Eloges et discours sur la triomphante réception du roi en sa ville de Paris, après la réduction de La Rochelle, avec fig., d'ap A. Bosse et autres. 1629, 1 vol. parch.

413. Les Familles de la France illustrées par les monuments des médailles, par J. de Bie. 1636. 1 vol. rel. en v.

414. Portraits et sujets historiques des guerres des Pays-Bas, de 1566 à 1621. 235 p. carton.

415. **Perissin** et **Fortorel**. Les troubles de la Ligue, avec légendes françaises. 39 p. coloriées. Le n° 4, la mort d'Henri II, est en noir et légende latine, le titre manque mais l'avis au lecteur, qui est très-rare, s'y trouve dans le cartouche du titre. 40 p. rel., arm.

416. Ecole des Pays-Bas, vol. rel. contenant 171 p., par les de Pas, Sadeler, de Vos, etc.

L   M   iZ   H   S   S.S

966 75   126 75   150 50   292 ..   858 25   595 50   983

                                                       11 50
                                                       ——+——

                                     2 25

                                     3

                                     3 75

                                     8

                                     5

                                     15 50

85   85

100

                                     16 50
1051 75   997 25   994 50

B	S	H	VZ	M	L
994 50	595 50	997 25	292 6	150 50	126 75 1057 75

9

9   10/

1 25

9 50

10

1 75

1 50

1 50

1 75

1 25

995 75   2 50   896 25

601 50 1006 75

2 50 7. 6.

1054 25

VZ 417. Vedute delle ville, è d'Altri luoghi della Toscana, par divers, d'ap. G. Zocchi. Florence, 1757. 1 vol. in-fol. oblong. 51 p. cart. 6 .

SB 418. Salvage, anatomie du gladiateur combattant. 1 vol. in-fol. carton. 9 . Viry

VZ 419. Napoléon en Egypte, Waterloo et le fils de l'Homme. 1 vol. in-8, illustré de vig. en bois, d'ap. Bellangé. 1 - 25

H 420. Fastes de Napoléon, d'ap. Appiani, gravé par Longhi et Rosas; i .. Bel. ex. 35 p. 9 50

. 421. Voyage pittoresque et militaire de Willenberg, en Prusse, jusqu'à Moscou, fait en 1812, pris sur le terrain même, et lithographié par Albert Adam. Munich, 1828, in-fol., fig. en flle dans un portefeuille, L'auteur avait accompagné le prince Eugène, vice-roi d'Italie dans la campagne de Russie. 10 ..

Estampes modernes et Litographies.

S 422. **Aubry Lecomte**, Arianne abandonnée, d'ap. Girodet. 1 75

VZ 423. **Baugean**. Recueil de petites marines. 1 et 2 liv. 60 p. 1 50

. 424. **Beln** (J.), d'ap. Lancrenon. La Nymphe. 1 50

S 425. **Bellangé** (Hyp.). Vive le vin et l'amour, etc. 7 p. 1 - 75

SB 426. **Bovinet**, d'ap. Valenciennes. Paysages avant l. l. 2 p. 1 - 25

S 427. **Calamatta**. Georges Sand avant l. l. 2 50 Viry

428. **Caron** (Ad.), d'ap. Gérard. Port. en pied de mad la duchesse de Berry et ses enfants. Soc. des Amis des arts.

429. — La même ép., avant l. l., sur blanc.

430. — (Toussaint), d'ap. Couder. Le Lévite.

431. **Charlet**. La vieille Armée française, et autres pièces rares. 49 p. dans un album.

432. — Adieu fils, je t'ai revu, et autres. 16 p. anciennes et belles ép.

433. **Cooper**. Bestiaux. Lith. 3 p.

434. **Cousin**, d'ap. Murillo. Assomption. Ep. avec l'adresse de Cormer.

435. **Daniell** (W). Vues du Palais Royal en 1827, côté du jardin et côté de la cour. 2 p. col.

436. **Dupont** (H.). Scène de naufrage.

437. **Géricault** (J.). Various subjets drawn from life and on stone by. London, Hullmandel, 1821. 12 p. lithog., très-rare.

438. — Le cheval noir.

439. — Etudes de chevaux. 21 p.

440. — Chevaux, 5 p. et par C. Vernet. 3. — 8 p.

441. **Girodet** (d'ap.). Les Amours des Dieux, 16 lithog. sur Chine par les meilleurs artistes, avec texte en feuilles.

442. **Goulu** d'ap. Porbus. Henri IV en pied.

443. **Gudin** (Th.). Essais à l'eau-forte. 7 p.

444. **Hall** d'ap B. West. Penn traitant avec les Indiens de la Pensilvanie.

445. **Jacques** (Ch.). Le Puits, n. 64 et autres. 3 p.

446. — La Fermière, 1er état avec la vache, et autres. 2 p.

	L	M	Vz	H	S	Lb
	126 75	150 50	296 25	1006 75	607 50	995 75
1054 25			2			
			2			
			2			
						19
					5	
						1
					4 75	
					6 50	
3						3
2					2	
50/..						101
M.150.						
						2 25
						18 50
vil. 20. 6					6	
....10. 9 50					9 50	
			3			
3						
Vol. 7. .. 4.25						4 25
..b1.6/						2
					1 50	
Giaco 3 50			305 25		3 50	
1085 50					640 25	1146 75

Db	S	H	Vz	M.	L
1146 75	640 25	1006 75	305 25	150 50	126 75
1 50					1085 50
1 50					
6 50					6 50 J. 10.
			1 50		
	4 25				
2 ..					
		8 50			
	3 25				
					9 50
	9				
		1 25			
10					10 Sol. 10/
		2 25			
4 50					
15 50					
2 50					M. 7-50
1 75					
1 50					
	2				
3 25					
1197 25	6	306 75			136 25
	3 25	1018 75			3 25
	668.00				1105.25

447. **Jollvard** fils. Eaux-fortes d'ap. Kobell. 6 p.

448. — père. Essais à l'eau-forte. 7 p.

449. **Krazlesen** (d'ap.). Sujets de la ré olution grecque. 5 p. lithog.

450. **Lewis** (d'ap. Landseer). Cottage industry.

451. **Mercuri** (d'ap. Léop.-Robert). Les Moisson-neurs, ép. sur Chine.

452. **Prudhon**. La Famille Malheureuse, lithog. originale.

453. **Radirungen**. 16 eaux-fortes, par divers maîtres allemands en 2 cahiers. Munich, 1843.

454. **Raffet**. La grande revue et autres. 5 p.

455. **Rambert**. Le Mal, lithog. avec titre. 12 p.

456. **Roger** (d'ap. Prudhon) La Caresse avant l l. sur Chine et autres. 11 p.

457. **Say** (W.) d'ap. Fradelle. Elisabeth et lady Paget.

458. **Tardieu**. Port. du comte d'Arondel, lettre grise. Très-belle ép.

459. **Turner**. Henri IV à cheval, prof.

460. **Vernet** (Carle). Études de chiens, chevaux. 23 p.

461. — Etudes de chevaux divers. 29 p.

462. Mehemet-Ali; prise d'une redoute; attaque d'un convoi de blessés par des Cosaques. 3 p.

463. **Vernet** (H.). Fables de La Fontaine. 17 p.

464. — Croquis lithographique, 1818. 13 p.

465. — Le jeu de la drogue et autres. 7 p.

466. **Villain** (le) d'ap. Ph. de Champagne. Les Religieuses. Très-belle ép. avant l. l.

467. Artistes contemporains et autres. Belles ép. — 15 p. Sera divisé.

168. — (Journal l'). Pièces diverses. 26.

169. Artiste (l'). Gravures et lithog. tirées de. 29 p.

170. Lithographies par Fragonard, Gudin, Léop.-
Bis Robert, d'ap. H. Vernet. Sujets historiques de
Louis-Phillippe, etc., pourra être divisé. 19 p.

471. Lithographies diverses, caricatures Gavarni,
etc,, etc., plusieurs lots.

472. **Lithographies** par Gavarni, C. Nanteuil.
20 p.

573. — Par Bonnington, Harding, Court, Gudin,
E. Isabey, Marilhat, Marlet et autres. 20 p.

474. — Par divers et autres pièces. 20 p.

475. Sujets divers dont saint Jean, par Bervic, et
danse des Muses, avant l. l. 10 p.

476. Epreuves photographiques, vue du cirque, etc.
et daguerréotypes sur plaques dont vues de
Rome et académies de femmes. Plusieurs lots.

DESSINS.

477. Fleurs et fruits. 2 p.

478. Portraits à la sépia d'ap Lawrence, par M. L.
B. 9 p.

479. **Boucher** (genre de). Nymphe debout ayant
à ses pieds un vase et des fruits. Joli dessin au
crayon noir rehaussé de blanc.

480. **Lancret**. Croquis. Études de figures en
pied d'hommes et de femmes à la sanguine. 7 p.

481. Costumes de ballets des fêtes de Louis XIV.
15 dessins coloriés probablement par Berain.

482. — par Bouton, Cassas, Demarne, Garneray,
Meyer, Nicole, Renoux, Richard. 20 p.

	L	M	VZ	H	S	LZ
	136 25	150 50	306 75	1018 75	668	1197 25
1105 25					2 50	
						3 25
						2
12. 1 75						1 75
2 50					2 50	
					1 75	
					2 ..	
1 75					1 75	
		3				
4		4				
		8 50				
						3
		20				
		3 50				
12. 10		10				
				12 50		1207 25
				1031 25	678 50	
				1 75		
				3 25		
				3		
				4		
				2 50		
				1 75		
1125 25		199 50		1 50		
				384 50		

L3   S   H   V2   M   L

1207. 25   678 50   324 50   199 50   136 25   1125. 25

                    8
                    1   25
                    2   50
                                        3 ..   Plaques
                                               [29

                                               475   1   75
                                                 —   1   25
                                                 —   1   25

        1 75 album   1   25

        3   portef.   1   50   2   75

        4 75 Ditto   2   3
        ————————   ————————
        1216 75   327 50   1   3   25
        ════════ 690 25
                  ════════   1   50   1   75

                                                4   75   7   50

                                                2   25.   23 75. 489
                                                             ———————
                                                2   25   178 25
                                                          ════════

                                                4 ..

                                                2   50

                                                3 .   3
                                                                    ————————
                                                    1   25   1128 25

                                                  260 50   reporté au
                                                  ════════   Milieu

                    1

483. Nombre de croquis, figures, vues prises en
Italie, armoiries, costumes, etc., par MM. Bi-
daut, Boilly, Bourgeois, Mallet, Papety, Robert, Verdier, etc., formera plusieurs lots.

484. — par Blouet, Nicole, Perignon, Rivaltz, dessins chinois sur papier de riz. 50 p.

485. — Divers sujets et marines. 16 p.

486. — par Stradan, *Ecce homo* avec la gravure.

487. — Gravures et lithog. coloriées. 7 p.

488. — Grand cadre doré avec barre au milieu.

489. Sous ce numéro on vendra chaque jour, au
commencement de chaque vacation, des lots en
nombre d'objets non catalogués.

à déduire
Rendu à M. H.

. 5	[illegible]	1
. 6	[illegible]	1
. 43	Hooghe[illegible]	2
. 53	Breughel	
. 56	[illegible] Breda	5
. 62	Caraglio	
. 71	Dagoty	
. 110	Geffergin	1
. 113	Hercule	6
. 200	Thomire	1
. 203	Lucrèce	6 50
. 204	alexandre	5
. 208	[illegible]	7 50
. 211	Morletto	3
. 212	H. [illegible]	5
. 213	Magmure	9 50
. 253	Schongauer	6 50
. 256	Stéphanus	1 25
. 257	[illegible]	
. 289	Villamena	4 75
. 297	Voerioe	
. 421	Voyage Pierre	10
		76 75

M. LB.

20	andran	3 50
32	Berghem	2
33	"	2 50
36	"	1 50
177	Muller H.W.	1 ..
197	Lurcker	2 ..
248	Cats	6 ..
325	Nantes	2 25
358	Cost. Costume	
361	Cost. Turcs	1
408	Volum. Marine	1
418	Sauvage	9
		32 75

VZ.

417	Van Fleurus	6

M.

129	Hollar	2
160	Chandonai	6
		1

à retirer du compte de M. Dhiergue

No du
catalogue

H	5	anonyme Giseaux	1.V	1 ..
H	6	— mort de la Vierge	1.V	1.75
LB	20	[illegible] andran	1.V	3.50
LB	32	Berghem 3 p.	1.V	2 ..
H	44	Hooghzydt	1.V	2 ..
H	56	Callot [illegible] de Medici	1.V	5 ..
H	110	[illegible] [illegible]	2.V	1 .
H	113	[illegible] Hercule	2.V	6 .
H	[illegible]	Gollet	2.V	2 .
M.	160	Cl. Lorrain	2.V	6 .
S	107	le marcenay	2.V	1.75
LB	197	Potter — le Vacher	2.V	2 ..
H	203	Lucrèce	3.V	6.50
H	204	alexandre Cornel Corneille	3.V	5 ..
H	253	Schongauer	3.V	6.50
H	289	Villamena	3.V	4.75
X S	316	Vig. Chateaubrun [illegible] Vignot	4.V	2 .. X
LB	328	Nicolet	1.V	2.25
LB	361	costume Turcs	1.V	1 .
LB	408	Vol. marine	3.V	1 .
VZ	417	Vol. Van de Tossana	2.V	6 .
H	421	voyage en prison	3.V	10 .
S	475	12 p. diverses	2.V	1.75

Vente Fontaine

	1 lot	
	1 lot	
76	Statues 1 Vacation	1 50
25	Archiette Lafage 2.V	1 50

9 782014 082432